# HÉSIODE ÉDITIONS

ARTHUR CONAN DOYLE

# Les Six « napoléons »

Hésiode éditions

© Hésiode éditions.

1 rue Honoré - 93500 Pantin.
ISBN 978-2-38512-163-1
Dépôt légal : Janvier 2023

*Impression Books on Demand GmbH*

*In de Tarpen 42*
*22848 Norderstedt, Allemagne*

# Les Six « napoléons »

Il arrivait assez souvent à M. Lestrade de Scotland Yard de venir causer avec nous dans la soirée, et ces visites faisaient grand plaisir à Sherlock Holmes, car elles lui permettaient de se tenir au courant de toutes les nouvelles apprises par la police. En retour des récits que faisait Lestrade, Sherlock Holmes prêtait une grande attention aux détails des affaires dont le détective pouvait être chargé ; de temps en temps, il lui donnait des avis que justifiait sa longue expérience des affaires, des hommes et des choses.

Ce soir-là, Lestrade avait parlé du temps, des journaux, puis la conversation était tombée tandis qu'il continuait à fumer son cigare. Holmes le regarda avec attention.

– Rien d'intéressant ? dit-il.

– Non, monsieur Holmes, rien de particulier.

– Alors… dites-le-moi.

Lestrade se mit à rire.

– Eh bien, monsieur Holmes, je n'ai pas besoin de nier. Oui, il y a bien quelque chose qui me préoccupe, et pourtant, c'est si stupide que j'hésite à vous ennuyer en vous le racontant ; d'un autre côté, l'événement, tout en ne sortant pas de la banalité, paraît cependant assez bizarre. Je sais, il est vrai, que vous avez un goût marqué pour ce qui sort de l'ordinaire, mais, à mon avis, cette affaire paraît plutôt ressortir du domaine du Dr Watson que du vôtre.

– Une maladie ? demandai-je.

– En tout cas, de la folie, et une folie extraordinaire. Croiriez-vous qu'il existe, de nos jours, un homme qui nourrit une telle haine contre Napoléon Ier, qu'il brise impitoyablement toutes les statues qui le représentent.

Holmes s'enfonça dans sa chaise.

– Cela ne me regarde pas, dit-il.

– C'est précisément ce que je viens de dire. Mais, comme l'homme en question se met à cambrioler des maisons dans le but de briser ces statues, il cesse d'appartenir au domaine du docteur pour passer dans celui de la police.

Holmes se redressa.

– Ah ! du moment où il y a des cambriolages, cela devient plus intéressant. Donnez-moi donc des détails.

Lestrade prit son carnet de rapports qu'il parcourut pour se rafraîchir la mémoire.

– La première affaire a eu lieu, il y a quatre jours, dit-il. Elle se passa chez M. Moïse Hudson, qui a un magasin de vente d'objets d'art dans Kennington Road. Le commis s'était un moment absenté du magasin, quand, tout à coup, il entendit du bruit à l'intérieur. Il revint en toute hâte et trouva, brisé en mille morceaux, un buste en plâtre de Napoléon qui était placé sur le comptoir, au milieu d'autres œuvres d'art. Il se précipita dans la rue, mais, malgré l'affirmation de plusieurs personnes, qui avaient vu un individu s'enfuir du magasin, il ne put le découvrir. Il crut donc voir dans ce fait un acte de vandalisme comme il s'en produit de temps en temps, et c'est dans ce sens que fut faite la déclaration à la police. Le buste ne coûtait que quelques shillings et l'affaire semblait trop anodine pour qu'on se livrât à une enquête.

Un second fait semblable se produisit, plus sérieux et plus étrange, la nuit dernière. Dans Kennington Road, à quelques centaines de mètres du magasin de Moïse Hudson, habite un médecin bien connu, le Dr Barnicot, qui a une clientèle très importante sur la rive gauche de la Tamise. Sa résidence, avec son cabinet de consultation, est dans Kennington Road, mais il a une clinique à Lower Brixton Road, distante d'environ deux milles. Le docteur est un admirateur enthousiaste de Napoléon ; sa maison est remplie de livres, de tableaux et de reliques se rapportant à l'histoire de l'empereur des Français. Il a acheté, précisément chez Moïse Hudson, des plâtres absolument pareils du buste de Napoléon, par le sculpteur français Devine. Il a placé l'un d'eux dans le vestibule de sa maison de Kennington Road, et l'autre sur la cheminée de son cabinet de Lower Brixton. Quand le docteur est descendu ce matin, il a constaté que sa maison avait été cambriolée pendant la nuit et que rien n'avait été volé, sinon le buste en plâtre du vestibule, qui avait été emporté et lancé avec violence contre le mur du jardin, près duquel en ont été découverts les débris.

Holmes se frotta les mains.

– Voilà qui n'est pas banal !

– Je pensais bien que cela vous intéresserait, mais ce n'est pas tout : le Dr Barnicot s'est rendu, à midi, à sa clinique, et jugez de son étonnement, en découvrant que la fenêtre avait été ouverte pendant la nuit et que les morceaux de son second buste jonchaient le sol. Il avait été réduit en miettes sur le lieu même. Nous n'avons pu découvrir aucun indice qui pût nous mettre sur la piste du criminel ou du fou qui avait causé l'accident. Maintenant, monsieur Holmes, vous connaissez les faits.

– Ils sont, en effet, assez bizarres pour ne pas dire grotesques, dit Holmes. Je dois pourtant vous demander si les deux bustes brisés chez le Dr Barnicot étaient des reproductions exactes de celui qui a été cassé dans le magasin de Moïse Hudson ?

– Oui, ils étaient sortis du même moule.

– Cette circonstance va à l'encontre de l'hypothèse que l'homme qui les a détruits a été poussé à cet acte par la haine de Napoléon en général. Si l'on considère le nombre immense de statues de Napoléon qui existent à Londres, il est impossible de supposer que c'est par une simple coïncidence que cet homme a mis en pièces trois spécimens du même buste.

– Je suis entièrement de votre avis, dit Lestrade. D'un autre côté, Moïse Hudson est le seul marchand d'objets d'art de ce quartier de Londres, et ce sont les seuls bustes de Napoléon qu'il ait eus en magasin depuis plusieurs années. Ainsi donc, bien qu'il existe à Londres, comme vous le dites, des centaines d'autres statues du grand homme, il est à présumer que celles qui ont été brisées sont les seules dans ce quartier. Dans ces conditions, il est tout naturel qu'un fanatique habitant de ce côté-ci ait commencé par elles. Qu'en pensez-vous, docteur Watson ?

– Il n'y a pas de limites à établir aux actes d'un fou ! répondis-je. « L'idée fixe », comme l'appellent les psychologues français, a pour effet de fausser l'intelligence sur un point, en laissant souvent toute la raison sur d'autres. Un homme qui a étudié à fond Napoléon, ou dont la famille, au cours de la grande guerre, aura reçu quelque mortelle injure, peut avoir été victime d'une idée fixe, sous l'empire de laquelle il aura accompli un acte de folie.

– Ce n'est pas cela, mon cher Watson, dit Holmes en secouant la tête, toutes les idées fixes du monde ne lui auraient pas permis de découvrir où les bustes se trouvaient.

– Alors, quelle explication ?

– Je n'essaierai même pas d'en donner ; tout ce que je remarque, c'est une certaine méthode dans les procédés de cet homme excentrique. Par exemple, dans le vestibule du Dr Barnicot, où le bruit aurait pu donner l'éveil, le buste a été porté à l'extérieur avant d'être brisé, tandis qu'à sa clinique, où ce danger n'existait pas, il a été cassé sur les lieux mêmes. Cette affaire paraît bien ordinaire, mais je ne l'affirmerais pas, car, souvent, les affaires les plus difficiles que j'ai eues à élucider ont commencé de cette manière. Vous vous rappelez, Watson, comment ce terrible drame concernant la famille Abermetty me fut révélé : je commençai, s'il vous en souvient, à remarquer que du persil avait été enfoncé dans le beurre au lieu d'être placé tout autour. Votre histoire du bris de ces trois bustes ne me fait pas rire, Lestrade, et je vous serai très obligé de me tenir au courant de tout nouvel incident qui se produirait.

Ces incidents, auxquels mon ami avait fait allusion, se produisirent plus rapidement et d'une manière plus tragique que nous ne l'aurions supposé. Le lendemain matin, j'étais en train de m'habiller dans ma chambre, quand on frappa à la porte. Holmes entra ; il tenait à la main une dépêche qu'il me lut :

« Venez de suite. 131 Pitt Street, Kensington. – Lestrade. »

– Qu'y a-t-il ? lui demandai-je.

– Je ne sais pas… Peut-être n'importe quoi, mais je soupçonne fort que c'est la suite de l'histoire des bustes. Dans ce cas, notre homme a dû recommencer ses opérations dans un autre quartier de Londres. Avalez vite votre café ; un cab nous attend à la porte.

Une demi-heure après, nous arrivions à Pitt Street, une petite rue bien tranquille dans un quartier des plus mouvementés de Londres. La maison portant le no 131 était, comme ses voisines, d'aspect très ordinaire, sans aucune ornementation. En arrivant, nous trouvâmes auprès du grillage une foule de curieux. Holmes laissa entendre un petit sifflement de plaisir.

– Pardieu ! s'écria-t-il, c'est au moins un meurtre ! Il faut un événement de cette sorte pour détourner de leurs occupations les commissionnaires de Londres. Rien qu'à voir le cou allongé par la curiosité de ce gaillard, là-bas, je devine qu'il s'agit d'un acte de violence. Qu'est-ce ceci, Watson ? Les marches supérieures de l'escalier ont été lavées à grande eau, et les autres sont sèches ! Ah ! voici Lestrade à la fenêtre, nous allons savoir le fin mot de l'affaire.

Le détective nous reçut d'un air très grave, et nous fit entrer dans une pièce où se trouvait un homme d'âge moyen, en proie à la plus vive agitation, qu'indiquait suffisamment le désordre de sa toilette. Il était vêtu d'une robe de chambre en flanelle. Il nous fut présenté comme le propriétaire de la maison : M. Horace Harker, membre du Syndicat de la presse.

– Encore une histoire du buste de Napoléon ! dit Lestrade. Vous avez paru vous y intéresser hier au soir, et, maintenant que l'affaire prend une tournure plus grave, j'ai pensé que vous seriez content de la suivre.

– Quelle tournure ?

– Un meurtre ! Monsieur Harker, veuillez avoir l'amabilité de raconter à ces messieurs ce qui est arrivé.

L'homme à la robe de chambre se tourna vers nous avec une figure des plus tristes :

– C'est extraordinaire ! dit-il. J'ai passé toute ma vie à collectionner les affaires des autres, et maintenant qu'un drame sensationnel m'arrive pour mon propre compte, je suis si agité et si émotionné que je ne puis trouver mes mots. Si j'étais venu ici comme journaliste, je me serais interviewé moi-même et j'aurais trouvé le moyen de pondre deux colonnes dans les journaux du soir. Actuellement, je passe mon temps à raconter mon histoire à tout le monde et suis incapable de l'utiliser pour ma profession. J'ai entendu parler de vous, monsieur Sherlock Holmes, et, si vous pouvez trouver la clef de cette énigme, je me considérerai comme payé de l'ennui que j'éprouve à vous la raconter.

Holmes s'assit et écouta.

– Toute cette aventure paraît rouler sur ce buste de Napoléon que j'ai acheté, il y a quatre mois, pour orner cette pièce. Je l'ai eu à bon compte, tout près de High Street Station. Je travaille souvent très tard, et j'écris jusqu'à l'aurore. C'est ce que j'ai fait cette nuit : j'étais assis dans mon cabinet qui se trouve sur le derrière de la maison, au dernier étage, quand, vers trois heures du matin, il me sembla entendre du bruit au rez-de-chaussée. J'écoutai et n'entendis plus rien ; j'en conclus qu'il venait de l'extérieur. Cinq minutes après, j'entendis tout à coup un horrible cri, – le plus épouvantable que j'aie jamais entendu, monsieur Holmes ! – et qui retentira toute ma vie à mes oreilles. Je restai quelques instants glacé de frayeur, puis je saisis le tisonnier et je descendis. Quand j'entrai dans cette pièce, je constatai aussitôt que la fenêtre était grande ouverte et que le buste avait disparu. Je me demande encore comment un voleur a eu l'idée de s'emparer de cet objet en plâtre qui n'avait aucune valeur.

Vous pouvez voir par vous-même que, de la fenêtre, il était facile, en faisant une longue enjambée, d'atteindre le perron extérieur. C'était, évidemment, ce que le malfaiteur avait dû faire. J'allai donc immédiatement ouvrir la porte. À peine sorti dans l'obscurité, je trébuchai contre un cadavre. Je me hâtai d'aller chercher une lumière et je trouvai un malheureux, la gorge coupée par une horrible blessure d'où le sang s'écoulait à flots. Il était couché sur le dos, les jambes pliées, la bouche démesurément ouverte… Je le reverrai toujours dans mes rêves ! Je n'eus que le temps de siffler pour appeler la police et je perdis connaissance, je ne me rappelle plus rien, sinon que je me trouvai dans le vestibule avec un policeman à côté de moi.

– Quel est l'individu assassiné ? demanda Holmes.

– Nous ne connaissons pas son identité, dit Lestrade. Vous verrez le corps à la Morgue ; jusqu'à présent, nous n'avons aucun indice. C'est un homme de taille élevée, au teint bronzé paraissant d'une force peu commune, âgé d'environ trente ans. Sa mise est modeste, mais il ne ressemble pas à un chemineau. À côté de lui, dans une mare de sang, nous avons retrouvé un couteau à virole avec manche de corne ; mais est-ce l'arme dont s'est servi l'assassin, ou appartenait-elle à la victime ? Je n'en sais rien. Aucun nom n'était inscrit à l'intérieur de ses vêtements et dans ses poches nous n'avons trouvé qu'une pomme, de la ficelle, un plan de Londres et la photographie que voici.

Cette dernière avait été prise au moyen d'un kodak. Elle représentait un homme alerte, aux traits simiesques très accentués, aux sourcils fort épais, avec la mâchoire inférieure proéminente comme celle d'un babouin.

– Qu'est devenu le buste ? demanda Holmes après avoir examiné avec soin la photographie.

– Nous venons de le savoir au moment où vous êtes arrivés. On l'a trouvé dans le jardin d'une maison inoccupée de Campden House Road. Bien entendu, il était en morceaux. Je vais de ce pas le voir. Venez-vous avec moi ?

– Certainement, mais attendez un instant que je jette un coup d'œil ici.

Il examina le tapis et la fenêtre.

– Le gaillard doit avoir les jambes très longues, ou c'est un homme très alerte, dit Sherlock Holmes. La maison ayant un sous-sol assez élevé, ce n'a pas dû être facile d'atteindre le rebord de la fenêtre et de l'ouvrir, la descente a dû être plus aisée. Venez-vous avec nous pour voir ce qui reste de votre buste, monsieur Harker ?

L'inconsolable journaliste s'était assis à son bureau.

– Il faut que j'essaie de faire la narration de tout ceci, dit-il, quoique, sans aucun doute, les journaux de ce soir, déjà imprimés, donnent force détails. C'est là ma veine ! Vous vous rappelez quand les tribunes des courses se sont effondrées à Doncaster ? J'étais le seul reporter à s'y trouver, et mon journal a été aussi le seul qui n'en ait pas donné le compte-rendu, car j'avais éprouvé une telle émotion qu'elle m'avait rendu incapable d'écrire. Cette fois-ci, je serai le dernier à donner des détails sur un assassinat commis à ma porte.

Quand nous quittâmes la pièce, sa plume cependant courait sur le papier.

L'endroit où les débris du buste avaient été retrouvés était à une distance de quelques centaines de mètres. Pour la première fois, Holmes et moi, nous pouvions voir les restes du grand Empereur qui semblait avoir provoqué une haine si violente dans l'esprit d'un inconnu. Les morceaux gisaient sur le gazon. Holmes en ramassa plusieurs et les examina avec soin ; à son attitude, je compris qu'il avait enfin trouvé une piste.

– Eh bien ? demanda Lestrade.

Holmes haussa les épaules.

– Nous avons encore du chemin à faire, dit-il. Et pourtant, pourtant, nous avons déjà un point de départ. La possession de ce buste sans valeur était certainement plus importante pour cet étrange criminel que la vie d'un homme ; voilà un point démontré. Il y a pourtant une circonstance à remarquer, c'est qu'il ne l'a pas brisé dans la maison ni même auprès, si toutefois son but unique était de le briser.

– Il était peut-être inquiet de la rencontre qu'il avait faite de sa victime… Il devait à peine savoir ce qu'il faisait.

– C'est possible, mais j'appellerai tout spécialement votre attention sur la position de cette maison dans le jardin de laquelle il a détruit le buste en question.

Lestrade regarda autour de lui.

– C'est une maison inoccupée, où il devait savoir qu'il ne serait pas inquiété.

– Oui, mais il y en a une autre, dans les mêmes conditions, un peu plus haut dans la rue, devant laquelle il a dû passer avant d'arriver à celle-ci. Pourquoi ne l'a-t-il pas choisie, puisque chaque pas qu'il faisait en portant le buste augmentait ses chances d'être rencontré ?

– Je n'y comprends rien ! dit Lestrade.

Holmes montra le bec de gaz au-dessus de nos têtes.

– C'est qu'ici, il pouvait voir ce qu'il faisait, alors que plus haut cela lui était impossible. Voilà le motif certain.

– Pristi ! c'est vrai ! dit le détective. Maintenant, je me rappelle que le buste du docteur Barnicot a été brisé tout près de sa lanterne rouge. Eh bien, monsieur Holmes, quelle conclusion tirez-vous de ceci ?

– Simplement qu'il faut s'en souvenir et s'en servir au besoin. Nous trouverons peut-être quelque chose plus tard qui nous en donnera la raison. Quelle démarche proposez-vous de faire maintenant, Lestrade ?

– À mon avis, ce qu'il y a de plus pratique, c'est d'établir l'identité du cadavre, et cela ne doit pas être très difficile. Quand nous l'aurons démontrée, quand nous aurons trouvé quelles étaient ses habitudes, ses relations, ce sera un grand pas de fait pour deviner ce qu'il faisait à Pitt Street la nuit dernière, quel est celui qui l'a rencontré et tué sur le perron de M. Horace Harker. N'êtes-vous pas de mon avis ?

– Sans doute, mais ce n'est pas de cette façon que je prendrais l'affaire.

– Que feriez-vous alors ?

– Oh ! je ne veux pas vous influencer ! suivez donc votre idée et je suivrai la mienne ; nous comparerons ensuite nos résultats et nous nous aiderons mutuellement.

– Très bien ! dit Lestrade.

– Si vous retournez à Pitt Street, vous pourrez revoir M. Horace Harker. Dites-lui de ma part que je suis certain que l'auteur du crime est un fou qui a pris en haine Napoléon. Cela lui sera utile pour son article.

Lestrade le regarda bien en face.

– Vous ne le pensez pas sérieusement, dit-il.

Holmes sourit.

– Peut-être ! mais je suis sûr que mon renseignement sera d'un grand intérêt pour M. Harker et pour les abonnés des journaux. Et maintenant, Watson, je pense que le travail qui nous attend aujourd'hui sera long et compliqué. Quant à vous, Lestrade, je vous donne rendez-vous à Baker Street ce soir à six heures ; laissez-moi jusque-là la photographie trouvée dans la poche de la victime. Peut-être aurai-je besoin de votre concours pour une expédition relative à ce crime, que nous aurons à faire cette nuit si mes raisonnements sont exacts. Allons ; à ce soir, et bonne chance !

Sherlock Holmes et moi allâmes à pied jusqu'à High Street ; là, nous

nous arrêtâmes au magasin de Harding frères, où le buste avait été acheté. Un jeune employé nous fit connaître que M. Harding n'était pas là, ne reviendrait que dans le courant de l'après-midi, et que lui-même, nouvellement arrivé dans la maison, ne pouvait nous donner aucun renseignement. Je lus le désappointement sur la figure de Holmes.

– Enfin, me dit-il, nous ne pouvons pas nous attendre à voir tout s'arranger comme nous le désirons, Watson. Il faudra revenir cette après-midi puisque M. Harding est absent jusque-là. Je recherche, comme vous avez pu le deviner, l'origine exacte de ces bustes, afin de m'assurer s'il n'y a pas là un détail particulier expliquant leurs aventures. Allons chez M. Moïse Hudson à Kennington Road, et nous verrons s'il peut nous éclairer sur ce point.

Après une heure de voiture, nous arrivâmes chez le marchand d'objets d'art. C'était un homme de petite taille, assez gros, au visage rubicond, aux manières vives.

– Oui, monsieur, dit-il ; sur mon comptoir ! Pourquoi nous fait-on payer des impôts puisqu'on laisse entrer le premier coquin venu chez nous pour briser nos marchandises ? C'est moi qui ai vendu au docteur Barnicot les deux statues… C'est honteux ! cela ne peut être que quelque complot !… seul un anarchiste a pu briser ces statues ; voilà ce que font les républicains rouges ! Vous m'avez demandé où je me les suis procurées ? Je ne vois pas en quoi cette question se rapporte au crime ; cependant si vous voulez le savoir, je les ai achetées chez Gelder et Cie, Church Street Stepeny, une maison honorable connue depuis vingt ans. Combien j'en ai acheté ? trois… deux et un font trois : deux que j'ai vendus à M. Barnicot, et celui qu'on a brisé en plein jour sur mon comptoir. Si je connais cette photographie ? non, je ne connais pas celui qu'elle représente. Si pourtant !… attendez !… Mais c'est Beppo, une espèce d'Italien, un homme à tout faire que j'employais dans le magasin, qui savait dorer, encadrer et me rendait quelques services. Cet individu m'a quitté la semaine dernière, et je n'en ai pas entendu parler depuis. Je ne sais ni d'où il venait ni où il allait. Je n'ai rien eu à lui reprocher pendant tout le temps qu'il est resté à mon service. Il est parti deux jours avant l'incident arrivé à mon buste.

– C'est tout ce que nous pouvions raisonnablement attendre de Moïse Hudson ! dit Holmes quand nous fûmes sortis du magasin. Nous avons trouvé que Beppo avait été employé à Kennington, peut-être l'a-t-il été aussi à Kensington ; cela seul vaut bien notre course. Maintenant, il faut aller chez Gelder et Cie à Stepeny, d'où viennent les statues. Je serais bien surpris si je n'y recueillais pas un renseignement précieux.

Nous traversâmes rapidement le Londres élégant, puis le Londres des hôtels, le quartier des théâtres, des auteurs et des commerçants, et enfin, nous atteignîmes les quartiers maritimes qui forment, au bord du fleuve, comme une ville cosmopolite où vivent des centaines de milliers d'âmes. Dans une large rue habitée jadis par les marchands les plus riches de la capitale, nous découvrîmes l'établissement que nous cherchions. Au dehors, se trouvait une immense cour remplie de pierres de taille ; à l'intérieur, une cinquantaine d'ouvriers étaient occupés à sculpter ou à mouler. Le directeur, un Allemand au type blond, nous reçut très poliment et répondit clairement aux questions posées par Holmes. En consultant ses livres, il constata que des centaines de moulages du buste en marbre de Napoléon sculpté par Devine avaient été faits et que trois d'entre eux avaient été envoyés à Moïse Hudson une ou deux années auparavant. La fournée était composée de six exemplaires ; les trois autres avaient été vendus à Harding frères de Kensington. Le directeur n'avait aucun motif de soupçonner que ces six statues fussent différentes des autres et qu'une raison quelconque pût décider quelqu'un à les détruire. Cette idée même le fit sourire. Leur prix de fabrique était de six shellings, mais le revendeur pouvait les vendre douze. Le buste avait été pris au moyen de deux moulages, un de chaque côté de la tête ; les deux profils en plâtre de Paris avaient été juxtaposés pour faire le buste complet. Ce genre de travail était ordinairement fait par des Italiens. Quand les bustes étaient terminés, on les plaçait sur une table dans le corridor pour les faire sécher ; ils étaient ensuite portés à l'atelier. C'était tout ce qu'il pouvait nous faire connaître ; mais l'exhibition de la photographie produisit un effet surprenant sur le directeur ; sa figure devint rouge de colère et ses sourcils se froncèrent sur ses yeux bleus de Teuton.

– Ah ! le gredin ! s'écria-t-il. Oui, vraiment, je le connais très bien ! Cette maison a toujours été honorable, et la seule fois que la police y mit les pieds, ce fut à propos de cet homme. Il y a de cela plus d'un an. Il donna, dans la rue, un coup de couteau à un autre Italien, puis il arriva ayant la police à ses trousses, et fut arrêté ici même. Il s'appelait Beppo, je n'ai jamais connu son nom de famille. Cela m'apprendra à engager un homme avec une pareille tête, c'était pourtant un bon ouvrier, un de nos meilleurs.

– À combien fut-il condamné ?

– La victime eut la chance de guérir ; il n'eut qu'un an de prison. Sans doute, il a fini son temps, mais il n'a pas eu l'aplomb de se montrer ici. Nous avons dans nos ateliers un de ses cousins, il pourra sans doute vous dire où il est.

– Non ! non ! dit Holmes, pas un mot au cousin, je vous en prie. L'affaire qui nous occupe est très importante, et plus je l'étudie, et plus elle me paraît grave. Quand vous regardiez dans votre livre pour chercher la date de la vente de ces statues, j'ai constaté qu'elle avait eu lieu le 13 juin de l'année dernière. Pouvez-vous me dire à quelle date Beppo a été arrêté ?

– Je puis vous le dire à peu près par notre registre de comptabilité. Oui, continua-t-il, après avoir feuilleté le registre, il a été payé pour la dernière fois le 20 mai.

– Merci, dit Holmes, je ne crois pas devoir abuser plus longtemps de vos instants.

Puis, après lui avoir recommandé la plus entière discrétion, nous nous retirâmes.

L'après-midi était déjà avancée quand nous prîmes un léger repas dans un restaurant. Un journal collé dans un cadre, à l'entrée, annonçait le crime de Kensington comme un assassinat commis par un fou, et la lecture du journal nous montra que M. Harker avait réussi à faire imprimer à temps son compte rendu. Deux colonnes faisaient le récit de l'événement du jour. Holmes acheta le journal et, tout en mangeant, le parcourut avidement, mais avec des sourires à certains passages.

– Ça va bien, Watson, dit-il, écoutez ceci : « Nous sommes heureux de faire connaître à nos lecteurs que les opinions les plus autorisées sont unanimes pour établir le mobile de cette affaire, car M. Lestrade, un de nos détectives les plus expérimentés de Scotland Yard, ainsi que M. Sherlock Holmes, l'expert bien connu, estiment tous les deux que les incidents qui se sont terminés d'une manière si tragique, sont l'œuvre d'un fou et non d'un criminel avéré. Aucune autre explication ne pourrait être donnée de faits semblables. » La presse, voyez-vous, Watson, est un instrument remarquable quand on sait s'en servir. Et maintenant, si vous le voulez bien, nous allons aller à Kensington voir ce que le directeur de Harding et frères pourra nous raconter.

Le fondateur du magasin était un homme de petite taille, à l'allure vive, vêtu avec le plus grand soin. Il avait les idées très nettes et la langue bien pendue.

– J'ai déjà lu le compte rendu de l'affaire dans les journaux du soir. M. Horace Harker est un de nos clients ; nous lui avons livré le buste il y a quelques mois. Nous en avions commandé trois semblables à Gelder et Cie. Ils sont tous vendus maintenant ; nous saurons facilement vous dire à quelles personnes, en consultant nos livres. Les voici, d'ailleurs. L'un a été vendu à M. Harker, vous voyez… un autre à M. Josiah Brown, villa des Acacias, Labernum Vale, Chiswick... le troisième à M. Sandeford de Lower Grove Road, Reading... Je n'ai jamais vu l'homme dont vous me montrez la photographie, je n'aurais jamais oublié cette figure si je l'avais vue, car on en rencontre rarement de plus remarquable par sa laideur... Nous avons plusieurs Italiens parmi nos ouvriers, oui, monsieur ; si l'envie leur en était venue, ils auraient évidemment pu regarder dans nos livres de vente ; nous n'avons aucune raison de les tenir cachés. En tout cas, voilà une affaire étrange et si j'ai pu vous être utile en quelque façon, j'espère, qu'en retour, vous voudrez bien m'en donner des nouvelles.

Holmes, pendant la déclaration de M. Harding, avait pris plusieurs notes et je voyais que la tournure que prenait l'affaire lui plaisait beaucoup. Il ne fit cependant aucune remarque et se borna à observer que, si nous ne nous hâtions pas, nous serions en retard au rendez-vous de Lestrade. En effet, quand nous arrivâmes à Baker Street, il était déjà là et se promenait de long en large, en proie à la plus vive impatience. Je vis, à son regard, qu'il n'avait pas perdu sa journée.

– Eh bien, demanda-t-il, quelles nouvelles, monsieur Holmes ?

– Nous avons eu une journée très chargée, qui n'a pas été inutile. Nous avons vu le fabricant qui a moulé les bustes et les négociants qui les ont vendus. Je puis, dès maintenant, suivre la piste de chacun des bustes depuis le commencement.

– Les bustes ! les bustes !... s'écria Lestrade. Allons, vous avez vos méthodes, monsieur Sherlock Holmes, et ce n'est pas à moi à en dire du mal, mais je crois que ma journée a été encore meilleure que la vôtre. J'ai établi l'identité du cadavre.

– Pas possible !

– J'ai même découvert le mobile du crime.

– Parfait !

– Nous avons un inspecteur chargé spécialement de Saffron Hill, le quartier des Italiens. Le cadavre portait une médaille au cou, et cette circonstance, jointe à la couleur de son teint, me fit penser que c'était un Méridional. L'inspecteur Hill le reconnut aussitôt qu'il le vit. Il s'appelle Pietro Venucci, originaire de Naples, et c'est un des plus redoutables égorgeurs de Londres. Il fait partie de la Maffia, une des sociétés secrètes qui ont pour objet la propagande par le fait. Vous voyez maintenant que l'affaire commence à s'éclaircir. L'assassin est sans doute, lui aussi, un Italien affilié à la Maffia. Il en aura probablement violé les règlements d'une façon ou d'une autre et Pietro aura été chargé de le découvrir. Sans doute, la photographie qui a été trouvée dans sa poche est celle de son assassin, qui l'avait reçue pour éviter toute erreur de personne. Il a donc dû le suivre, le voir entrer dans une maison, le quitter, et c'est probablement au cours de la discussion qu'il a eue avec lui qu'il a été tué. Qu'en pensez-vous, monsieur Sherlock Holmes ?

Holmes applaudit.

– Très bien, très bien ! Lestrade, s'écria-t-il, mais je n'ai pas bien suivi votre raisonnement sur la destruction des bustes.

– Les bustes ! vous ne voyez que cela ! Au fond, cela n'est rien, ce sont des larcins qui valent, tout au plus, six mois de prison. C'est sur le meurtre que porte notre enquête et je tiens, désormais, tous les fils dans ma main.

– Qu'allez-vous faire, maintenant ?

– Oh ! c'est bien simple : je vais aller avec Hill dans le quartier des Italiens, j'y trouverai l'homme dont nous avons la photographie et je l'arrêterai sous l'inculpation d'assassinat. Viendrez-vous avec nous ?

– Je ne crois pas. J'ai dans l'idée que nous arriverons au but d'une façon encore plus simple, je ne puis en être certain, tout cela dépend… d'un facteur qui est hors de notre contrôle ; cependant j'ai bon espoir. Je parierais même deux contre un, que, si vous nous accompagnez cette nuit, je vous ferai mettre la main dessus.

– Dans le quartier des Italiens ?

– Non, mais, je crois, à Chiswick. Si vous voulez venir avec nous, je vous promets que j'irai demain avec vous dans le quartier des Italiens, et que ce dernier retard ne gênera en rien notre information. Je crois, maintenant, que quelques heures de sommeil nous feront du bien. Il ne faut pas partir avant onze heures ; nous serons de retour, sans doute, avant le lever du jour. Dînez donc avec nous, Lestrade, et vous vous étendrez sur ce canapé jusqu'au moment du départ. En attendant, ayez donc l'amabilité de sonner, je vais faire venir un exprès, car j'ai une lettre à envoyer sans aucun retard.

Holmes passa la soirée à parcourir une pile de vieux journaux qui remplissaient notre grenier. Quand il descendit, ses yeux avaient une lueur de triomphe ; pourtant il ne nous fit part, ni à l'un ni à l'autre, du résultat de ses recherches. Pour ma part, j'avais suivi pas à pas la marche de cette affaire si compliquée et, tout en ne pouvant deviner le but que nous allions atteindre, j'entrevoyais clairement que, dans la pensée de Holmes, l'individu recherché ne manquerait pas de se livrer à un nouvel attentat sur l'un des deux bustes qui restaient et dont l'un, je me le rappelais, se trouvait à Chiswick. Le but de notre expédition était, sans doute, de le surprendre en flagrant délit et je ne pouvais qu'admirer la ruse de mon ami qui avait lancé une fausse piste dans les journaux afin de donner à cet individu l'idée qu'il pouvait continuer ses exploits avec impunité. Je ne fus donc pas surpris quand Holmes m'invita à prendre mon revolver. Lui-même emporta son casse-tête, son arme favorite.

Une voiture fermée nous attendait à la porte et nous conduisit jusqu'au delà du pont de Hammer Smith. Là, le cocher reçut l'ordre de nous attendre. Nous marchâmes à pied jusqu'à une rue assez isolée, bordée, de chaque côté, de maisons élégantes, entourées chacune d'un jardin. À la lueur du bec de gaz, nous pûmes apercevoir le nom de la villa des Acacias, inscrit sur la barrière. Le propriétaire devait être déjà couché, car on ne voyait aucune lumière, excepté au-dessus de l'imposte de la porte d'entrée, dont la lueur éclairait vaguement l'allée du jardin. La barrière en bois qui séparait la propriété de la route, rendait l'endroit plus obscur, et c'est là que Holmes nous fit cacher.

– Nous aurons, je le crains, longtemps à attendre, dit Holmes ; nous avons, au moins, la chance qu'il ne pleuve pas. Il est plus prudent de ne pas fumer, ce qui nous ferait passer le temps. Enfin nous avons deux chances contre une de réussir, ce qui compensera notre peine.

Cependant notre attente ne fut pas aussi longue que Holmes l'avait craint, et elle se termina de la façon la plus soudaine et la plus inattendue. Tout à coup, sans un bruit qui eût pu éveiller notre attention, la barrière du jardin s'ouvrit et un individu, alerte comme un singe, s'avança rapidement dans l'allée. Nous le vîmes passer dans la traînée de lumière venant de la porte et disparaître derrière la maison ; puis il se fit un long silence pendant lequel nous eûmes soin de retenir notre respiration. Nous entendîmes bientôt un grincement ; on ouvrait une fenêtre. Le bruit cessa ; l'individu avait pénétré dans la maison. Nous vîmes le rayon d'une lanterne sourde dans une pièce ; ce qu'il cherchait ne s'y trouvait pas, il passa dans une autre, puis dans une troisième.

– Allons à la fenêtre ouverte, dit Lestrade, nous le prendrons au moment où il sortira !

Avant que nous eussions pu faire un pas, l'homme était sorti. Nous pûmes constater qu'il portait, sous le bras, quelque chose de blanc. Il regarda tout autour de lui, le silence de la rue déserte le rassura. Il nous tournait le dos pour déposer son butin. Un instant après, nous perçûmes un bruit sec. L'homme était si absorbé qu'il ne nous entendît pas traverser la pelouse. Holmes bondit comme un tigre et le saisit. En un instant, Lestrade et moi le prenons par le bras et lui passons les menottes. Je n'ai jamais rencontré une figure plus hideuse. Il nous contemplait, les traits convulsés… C'était l'homme de la photographie ! Holmes, cependant, ne parut pas s'occuper de notre prisonnier. Assis sur les marches du perron, il examina avec le plus grand soin les débris de l'objet que l'homme avait emporté de la maison. C'était un buste de Napoléon, semblable à celui que nous avions vu le matin même, brisé de la même façon. Holmes regarda à la lumière chacun des morceaux de plâtre, mais ils étaient tous pareils. Il venait de terminer cet examen quand le vestibule s'éclaira et la porte s'ouvrit. Le propriétaire de la maison, un homme obèse, à l'air jovial, se présenta en bras de chemise.

– M. Josiah Brown, je pense ? dit Holmes.

– Lui-même, monsieur, et vous êtes, sans doute, M. Sherlock Holmes. J'ai reçu votre lettre que m'a apportée l'exprès et j'ai suivi ponctuellement les instructions que vous m'aviez envoyées. Nous avons fermé toutes les portes à clef à l'intérieur et nous avons attendu les événements. Je suis très heureux de voir que vous avez pris ce bandit. Veuillez entrer maintenant, messieurs, pour vous rafraîchir.

Mais Lestrade désirait vivement déposer son prisonnier dans un lieu sûr ; on envoya donc chercher notre fiacre et nous repartîmes pour Londres. Notre homme n'ouvrit pas la bouche pendant le trajet et se borna à nous regarder d'un air furieux. Profitant même d'un moment où ma main était à sa portée, il la saisit et essaya de la mordre comme un loup affamé. Nous attendîmes au bureau de police pendant qu'on le fouillait ; on ne trouva sur lui que quelques shillings et un long couteau, sur le manche duquel se voyaient des traces de sang.

– Ça va bien, dit Lestrade en nous quittant. Hill connaît toute la bande et il nous dira son nom. Vous verrez que mon hypothèse de la Maffia se trouvera justifiée, mais je vous suis très reconnaissant, monsieur Holmes, de m'avoir si bien secondé dans cette arrestation, quoique je ne comprenne pas encore très bien comment vous avez pu opérer.

– Il est trop tard pour vous l'expliquer, dit Holmes, et il y a un ou deux détails qui manquent encore à l'heure actuelle. C'est, croyez-le, une de ces affaires qui méritent d'être suivies jusqu'au bout. Si vous voulez, vous vous trouverez demain soir, à six heures, à mon appartement et je pourrai sans doute vous démontrer que vous n'avez pas encore compris ce mystère, absolument unique dans les annales du crime. Si jamais je vous permets, Watson, de raconter au public quelques-uns de mes problèmes, je prévois que vous ne manquerez pas de raconter celui des bustes de Napoléon.

Quand nous nous retrouvâmes dans la soirée, Lestrade nous donna de nombreux détails sur notre prisonnier. « Il s'appelait Beppo, dit-il, son autre nom était resté inconnu. Sa réputation était détestable dans la colonie italienne. Il avait été jadis connu comme un sculpteur remarquable et avait gagné honnêtement sa vie ; mais il n'avait pas tardé à entrer dans la mauvaise voie et avait subi deux condamnations l'une pour vol, l'autre pour tentative de meurtre sur l'un de ses compatriotes. Il parlait parfaitement l'anglais. On n'avait pu démontrer les motifs qui avaient pu le pousser à détruire les bustes, et il refusait de répondre à toute question posée sur ce sujet ; mais la police avait découvert que ceux-ci avaient probablement été faits par lui, car il avait été employé à ce genre de travail chez Gelder et Cie. » Holmes écouta poliment ces nouvelles que nous savions déjà, mais moi, qui le connaissais si bien, je voyais que sa pensée était ailleurs, je sentais dans son attitude un mélange d'inquiétude et d'impatience. Enfin, il fit un mouvement sur sa chaise et ses yeux étincelèrent : on venait de sonner. Un instant après, nous entendîmes des pas dans l'escalier, et la domestique fit entrer un homme d'un âge mûr, au teint coloré, avec des favoris grisonnants. Il tenait dans sa main un sac de voyage en tapisserie qu'il posa sur la table.

– M. Sherlock Holmes est-il ici ?

Mon ami salua et sourit.

– Vous êtes M. Sandeford de Reading ? dit-il.

– Oui, monsieur, et je crains d'être légèrement en retard, mais les trains sont si incommodes ! Vous m'avez écrit au sujet d'un buste que j'ai en ma possession ?

– Parfaitement.

– J'ai votre lettre sur moi, dans laquelle vous me dites que vous désirez avoir une reproduction du buste de Napoléon de Devine, et que vous êtes disposé à m'acheter dix livres celle que je possède.

– Parfaitement.

– Votre lettre m'a vivement surpris, et je me suis demandé comment vous aviez su que j'avais cet objet.

– Votre surprise ne m'étonne pas. M. Harding de la maison Harding et frères m'a affirmé vous avoir vendu le dernier et m'a donné votre adresse.

– Ah ! c'est cela ! Vous a-t-il dit combien je l'avais payé ?

– Non pas.

– Bien que je ne sois pas riche, je suis un honnête homme, et je tiens à vous dire que ce buste m'a seulement coûté quinze shellings ; je trouve qu'il est de mon devoir de vous en avertir avant d'accepter vos dix livres.

– Ce scrupule vous fait honneur, monsieur, mais j'ai fixé mon prix et je m'y tiens.

– Vous êtes très généreux, monsieur Holmes ; j'ai apporté avec moi le buste ainsi que vous me l'aviez demandé. Le voici !

Il ouvrit son sac, et enfin nous pûmes apercevoir sur notre table le buste entier que nous avions si souvent vu en morceaux.

Holmes tira de sa poche une feuille de papier et posa sur la table une bank-note de dix livres.

– Voulez-vous avoir l'amabilité de signer en présence de ces témoins ce reçu qui me délègue tous droits sur ce buste. Je suis un homme très méticuleux, voyez-vous, et on ne sait jamais la tournure que peut prendre une affaire… Allons, merci, monsieur Sandeford. Voici votre argent, je vous souhaite le bonsoir.

Quand notre visiteur eut disparu, les mouvements de Sherlock Holmes attirèrent notre attention. Il commença par prendre dans un tiroir une nappe qu'il étendit sur la table, puis il plaça au centre le buste qu'il venait d'acheter ; enfin, saisissant un casse-tête, il frappa un violent coup sur la tête de Napoléon. Le buste se brisa en morceaux et Holmes se pencha avec intérêt sur ces débris. Tout à coup, il poussa un cri de triomphe et nous montra un des morceaux dans lequel nous aperçûmes encastré un petit objet sombre ; on eût dit un raisin dans un pudding.

– Messieurs, s'écria-t-il, laissez-moi vous présenter la fameuse perle noire des Borgia.

Lestrade et moi restâmes tous les deux stupéfaits, puis nous applaudîmes comme au théâtre, au dénouement d'une scène palpitante. Un flot de couleurs envahit les joues pâles de Holmes, et il nous salua comme un acteur qui reçoit les applaudissements de son auditoire. Il cessait d'être une machine à raisonner, et montrait combien il était sensible à l'admiration. Cette même nature froide, qui ne se préoccupait pas de la gloriole aux yeux du vulgaire, était touchée par les louanges d'un ami.

– Oui, messieurs, dit-il, c'est une perle unique au monde, et j'ai eu la bonne fortune, par une chaîne ininterrompue de déductions, de la suivre depuis la chambre à coucher de l'hôtel Dacre, où était descendu le prince Colonna et où il l'avait perdue, jusque dans l'intérieur de ce buste, le dernier des six qui avaient été moulés à Stepeny par Gelder et Cie. Rappelez-vous, Lestrade, le bruit que fit la disparition de ce bijou de valeur et les efforts inutiles de la police métropolitaine pour le retrouver. Je fus jadis consulté à ce sujet et je ne pus trouver l'énigme. Les soupçons s'étaient portés sur la femme de chambre de la princesse, une Italienne ; il fut établi qu'elle avait un frère à Londres, mais on ne put trouver entre eux aucune trace de relations. La femme de chambre s'appelait Lucrezia Venucci et, sans nul doute, Pietro, qui a été assassiné l'autre nuit, devait être son frère. J'ai recherché les dates dans les journaux de l'époque, et j'ai découvert que la perle avait disparu deux jours avant l'arrestation de Beppo pour un fait de violences qui se passa à l'établissement de Gelder et Cie au moment même où l'on moulait ces bustes. Vous vous rendrez compte ensuite, bien que, dans l'ordre inverse, de la marche des événements. Beppo a eu la perle en sa possession ; peut-être est-ce lui qui l'a volée à Pietro, peut-être était-il son complice, peut-être enfin a-t-il servi d'intermédiaire entre Pietro et sa sœur ? peu importe !

Le fait certain est qu'il avait la perle par devers lui, et qu'à ce moment, il était poursuivi par la police. Il courut donc à l'atelier où il travaillait, car il se rendait compte qu'il ne lui restait qu'un instant pour cacher ce joyau inestimable qu'on n'eût pas manqué de trouver sur lui quand on l'aurait fouillé ; six bustes de Napoléon étaient en train de sécher ; l'un d'entre eux était encore mou. En un instant, Beppo, qui était un ouvrier très habile, fit un trou dans le plâtre humide, y cacha la perle, et, avec quelques retouches, parvint à recouvrir l'ouverture. C'était une cachette admirable que personne ne pouvait soupçonner. Il fut condamné à une année d'emprisonnement, et pendant ce temps, ces six bustes furent vendus. Il lui était impossible de savoir lequel contenait son trésor, et c'est seulement en le brisant qu'il pouvait y parvenir. Il n'eût obtenu aucun résultat en se bornant à le secouer, car la perle devait adhérer au plâtre encore humide, ce qui d'ailleurs s'est produit. Beppo n'a pas perdu courage, et il a pratiqué ses recherches avec habileté et persévérance. Par son cousin qui travaille chez Gelder, il a réussi à se procurer les noms des marchands qui avaient acheté les bustes ; il a pu obtenir une place chez Moïse Hudson et trouver aussi la trace de trois d'entre eux ; mais la perle ne se trouvait dans aucun. Avec l'aide, sans doute, de quelques employés de sa nationalité, il a su découvrir qui avait acheté les autres. Le premier était en la possession de Harker, chez qui Beppo, sans nul doute, fut suivi par son complice Pietro, qui le considérait comme responsable de la disparition de la perle. Une lutte eut lieu, au cours de laquelle Pietro trouva la mort.

– Si c'était son complice, pourquoi portait-il sur lui sa photographie ? demandai-je.

– Pour faciliter les recherches dans le cas où il aurait à la montrer à quelqu'un pour le faire reconnaître ; voilà évidemment la raison. À la suite du meurtre, j'ai pensé que Beppo presserait le mouvement, car il devait craindre que la police n'arrivât à pénétrer son secret, et tenait à ne pas être devancé par elle. Il m'était impossible d'être certain que la perle ne se trouvait pas dans le buste de Harker ; je ne pouvais même pas affirmer que c'était elle qu'il cherchait ; tout ce que je savais, c'est qu'il cherchait quelque chose, sans quoi, il n'aurait pas eu de motif de briser le buste dans le jardin éclairé par le bec de gaz, surtout ayant eu l'occasion de passer devant des maisons inoccupées plus rapprochées du lieu du crime. Néanmoins ce buste faisait partie des trois derniers, il y avait donc – ainsi que je vous l'ai dit alors – exactement deux chances contre une pour que la perle ne s'y trouvât pas. Restaient les deux autres bustes ; il était évident qu'il s'occuperait d'abord de celui qui se trouvait à Londres. Je prévins alors les habitants de la maison, afin d'éviter un nouveau drame, et nous avons obtenu le résultat désiré. À ce moment, j'étais sûr que c'était à la recherche de la perle des Borgia que nous nous étions attachés. Le nom de la victime avait été le trait d'union. Il ne restait plus enfin qu'un seul buste, celui de Reading, dans lequel devait se trouver la perle. Je l'ai acheté en votre présence à son propriétaire… et la voici !

Nous gardâmes le silence pendant quelques instants.

— Eh bien ! dit Lestrade, je vous ai vu entreprendre bien des affaires, monsieur Holmes, mais je n'en ai jamais vu de mieux conduite. Nous ne sommes pas jaloux de vous, à Scotland Yard… Non, monsieur, nous sommes au contraire très fiers de vous, et si vous y veniez demain, il n'y aurait pas un de nous, depuis le doyen des inspecteurs jusqu'au plus jeune de nos agents, qui ne serait heureux de vous serrer la main.

— Merci, dit Holmes, merci ! et tandis qu'il détournait la tête, il me parut plus ému que je ne l'avait jamais vu. Un instant après, il était redevenu le penseur froid et pratique que je connaissais.

— Mettez la perle dans le coffre-fort, dit-il, et examinons maintenant cette affaire de faux de Cork-Singleton ! Au revoir, Lestrade, et n'oubliez pas que, si vous avez d'autres affaires délicates en main, je serai toujours très heureux de vous prêter mon concours.